Ago nilé, ago...
ago nilé, ago...
Ago nilé, agoiá.

Com licença para entrar na sua casa,
licença para entrar na sua casa...
Licença, pois, entre logo.

E Baragbo mo júbà,
e Baragbo, ago mo júbà.
Omodé ko èko e Baragbo, ago mo júbà,
Elégbára Èsù lóònòn.

A Baragbo eu apresento meus respeitos.
Ele é o senhor da força, é o Exu dos caminhos.

Gerência editorial Maria Dolores Prades
Direção de arte e industrial Alysson Ribeiro

Edição Cláudia Ribeiro Mesquita
Preparação Bruno Zeni
Revisão Annita Costa Maluf e Carmen Olivieri

Edição de arte Leonardo Carvalho
Produção industrial Toninho Freire
Impressão Cromosete

Dados Internacionais de Catalogação na Publicação (CIP)
(Câmara Brasileira do Livro, SP, Brasil)

Cunha, Carolina
Eleguá e a sagrada semente de cola / Carolina Cunha ; ilustrações da autora. -- São Paulo : Edições SM, 2007. -- (Coleção Histórias do Okú LáiLái)

ISBN 978-85-7675-196-0
1. Ficção - Literatura infantojuvenil
I. Título. II. Série.

07-2950 CDD-028.5

Índices para catálogo sistemático:
1. Ficção : Literatura infantil 028.5
2. Ficção : Literatura infantojuvenil 028.5

1ª edição, 2007
2ª impressão, 2011

EDIÇÕES SM
Rua Tenente Lycurgo Lopes da Cruz 55
Água Branca 05036-120 São Paulo SP Brasil
Tel. (11) 2111-7400
edicoessm@grupo-sm.com

Eleguá

e a sagrada semente de cola

Carolina Cunha

Ao babalorixá Balbino Daniel de Paula,
à Ayánolá Cici de Souza,
à Iyalorixá Debinha Omindare de Oxum
e à memória do venerável babalaô
Fatumbi Pierre Verger,
com amor.

Um dia, quando estava me contando uma história cotidiana, ela fez uma pausa e disse:

– Aquele que menos anda voa.

A fala yorubá é assim, cheia de **sotaques**...

Sotaques são sabedorias que revelam os segredos dos **antigos** através de **metáforas**.

E **metáfora** é quando uma palavra pega emprestado o sentido de outra.

O povo yorubá gosta muito de poesia.

Eu penso que é por isso que eles inventaram tantos orikis, itans e orins.

Orikis são poemas sagrados.

Orins são cantigas.

E essa história fantástica que está para começar é um **itan** de Eleguá.

Tudo é de Olorum.

O mundo, os deuses, os homens, os animais, as plantas, ele fez e avisou:

– Agora se arranjem vocês!

Passou o governo da Terra a Obatalá, seu herdeiro, e foi embora. Lá na imensidade vive retirado, indiferente à nossa história. Olha, mas não se encanta. Nada lhe importa. Olorum é tão grande que não cabe na cabeça de ninguém.

Asiere omótiwo!
Àse l'owó Olódùmarè!

Nos primeiros tempos, devido à água, ao ar e aos contornos graciosos que Obatalá caprichou em dar aos morros pelos seus nove céus, a Terra era, sem sombra de dúvida, o lugar mais agradável do Universo. Tantas cores e formas de sonhos!

E, com o sol, a lua veio. Por cima, a noite imensa colocou adornos.

Na cabeceira do espaço resplandecia Yemanjá, mãe do mundo, envolta em seu pano de estrelas. A barra da saia ondulava espuma de nuvens alvíssimas. Em redor, os filhos se espalhavam. Eleguá, o menor e mais espevitado, vivia agarrado ao colo, no grude. Era aquele chamego dos dois o dia inteiro: nhenhenhém, cafuné, cheiro no cangote, dengo. Ela, na melhor intenção, a satisfazer as menores e as maiores vontades dele. Fosse o que fosse que o filho pedisse, Yemanjá dava prontamente.

Carinhoso, caía nos braços dela e se deixava rir mil vezes, largado, sem contar motivo. Seus olhos se fechavam maciamente. A mãe se prazia, derretida em amores por aquele cabeçudinho de enormes olhos!

Para ficar de acordo com sua realeza, Yemanjá botava ele todo enfeitado, coberto de joias, honrarias, distintivos luxuriosos, esquisitos pendentes de madeira, cobre e conchas marinhas. Eleguá se sentia o máximo! Adorava ouvir lisonjas, atrair atenção para si. Carregava aquele monte de brajás* sobre os ricos trajes, muito exibido, o número de búzios ultrapassava a casa dos milhares! Nos pulsos e nos braços rechonchudos, a mãe ainda punha vários idés*. Ficava aquela beleza o kekeré*!

***BRAJÁS** são inúmeras fileiras de búzios; simbolizam poder, nobreza.

***IDÉS** são braceletes.

***KEKERÉ** quer dizer "pequeno".

Possuía algumas singularidades. De cara, a cabeça pontuda era o mais formidável. O olhar magnético dava sequência. Afora os ares debochados e os vários divertimentos imaginativos que cultivava: truques incríveis como ziguezaguear encarapitado sobre uma perna só, carregar azeite em uma peneira sem derramar, fazer rodamoinho, imitar pio de ave do mato com assovio. Regozijava-se de escutar e produzir sons: estridentes, agudos, roucos, graves. Mesmo colecionava apitos. Havia de estar sempre a tocá-los, rodopiando serelepe pelos caminhos. Menino irreverente, dos mais travessos, espoletas, arrelientos! Não há deixado de ser. Pinga-fogo, traquinava, desnorteava toda a gente com um festival de estrepolias. Virava e mexia, estava metido em alguma balbúrdia. No demais, era um legítimo guerreiro iorubá, membro da real família dos orixás*, igual Ogum*, Oxossi* e Osún*.

***ORIXÁS** são divindades e ancestrais venerados como heróis pelos povos Yorubás.

***OGUM** é o orixá dono do ferro, da força bélica, da tecnologia.

***OXOSSI** é caçador, orixá dono das matas, junto com Ossain, e responsável pela manutenção da comunidade.

***OSÚN** é o orixá que acompanha Orumilá e permanente guardião do palácio de Obatalá.

Igualzinho, igualzinho, não. Versado nas artes da caça, das magias, era aí que Eleguá se revelava o mais astuto, apesar da pequenez. Mas ele se comportava mal. Espaçoso, se permitia fazer tudo quanto passava pela cabeça. Comilão e guloso feito os Ibêjis*, vivia à roda da mãe, com os olhos moles, aboticados para cima do tabuleiro, interesseiro, bramando por regalos de boas e fartas comidas.

Duma vez exagerou:

– Ajeum, ajeum, Iyá!
Iyá, ajeum, Iyá! Mamãe, estou com fome!

– Você tem fome de quê? – Yemanjá deu colher de chá, nem conheceu que era manha.

– Akikó, Iyá mi! Mamãe, quero comer um galo!

***IBÊJIS, OU IBÊJI,** são os gêmeos encantados, filhos de Oxossi e Oiá, netos de Yemanjá e Obatalá.

– Pois não! – ela disse. E preparou o galeto com esmero. Serviu a iguaria ainda quente, acompanhada de uma deliciosa farofa de azeite.

Eleguá se regalou, lambeu os beiços. Depois alisou a barriga, feliz. Quando foi mais logo, o sem-vergonha tornou a dizer:

– Ajeum, ajeum, Iyá!

– O que é, meu filho?

– Mamãe, estou com fome!

– Não, senhor! Você papou um galo inteiro neste instante.

O menino olhava espichado para ela e mais fazia cara de fome.

– Agbo, Iyá mi! – ele insistia, embirrado. Queria comer um bode.

– Hum! É hoje – Yemanjá murmurou e foi assar o bode de Eleguá.

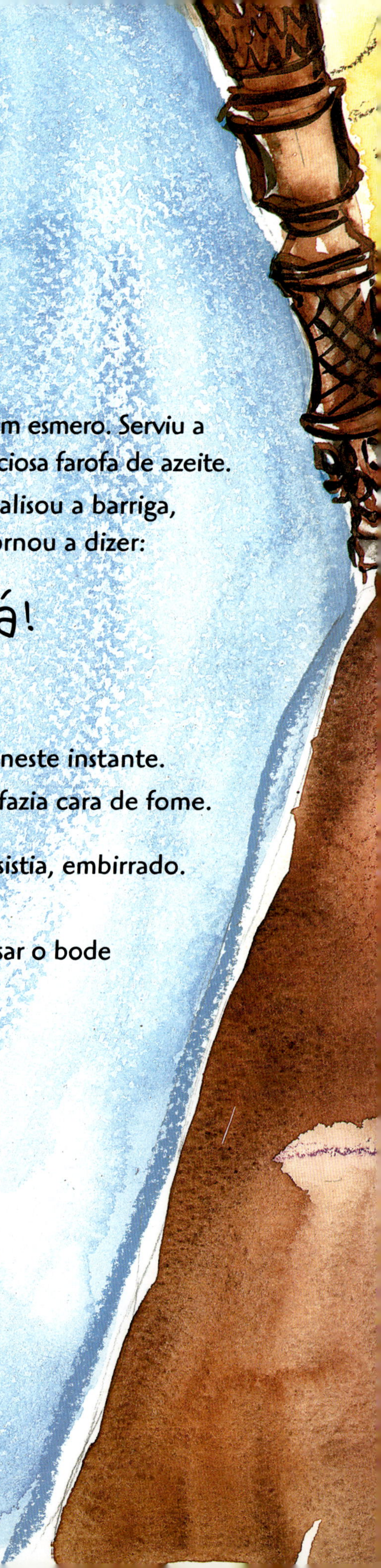

Passou a hora um tanto, virou o enredo, Eleguá encostou novamente com aquela ladainha.

– Iyá, ajeum, Iyá!

– O que você quer mais, ioiô? – na dúvida, a mãe assuntou.

– Malu, Iyá mi!

Yemanjá desacreditou que aquela criaturinha tinha fome de um boi.

– Mas, Eleguá, você é uma criança! – ela exclamou sem convencê-lo.

– Iyá, Iyá, ajeum, Iyá! – choromingou, sapateou, sem nem escutar o que a mãe dizia, o molecote.

Injuriada, Yemanjá entrou para a cozinha sem mais paciência, cogitando que agora a fome dele passava.

Mesmo depois de ter comido o boi, o bode, o galo, Eleguá reclamou. Voluntarioso, subiu na ponta do pé, empinou o corpinho malcriado na direção da mãe, sacudiu o dedo mandão energicamente, berrando e fazendo caretas.

— Be mi, be mi, Iyá!

— Iri Ioxê? O que foi que você disse, Eleguá?

Be
mi
Be
mi!
-Ki loxê?

– Iyá, ajeum, Iyá!

Ele gritou, se esgoelou no abuso e fez careta pior. Partiu para cima dela esperneando, cheio de autoridade.

Aí ela se zangou.

– Basta. Onde é que já se viu presepada mais sem razão? – Yemanjá endureceu a voz.

Faltou pouco para a mãe não perder a cabeça. Fechou carranca, puxou o danado no solavanco, meteu debaixo da água fria, que era o melhor jeito de apagar o fogo do moleque. E quando ele pensava que tinha acabado, a lição mal começava.

Cabisbaixo, acuado feito camundongo contra a parede, o rabo metido entre as pernas, Eleguá mexia só com os lábios, caladinho.

– Fome que não se mata em casa, vai se matar é na rua! – Yemanjá sentenciou, olhando muito severa dentro dos olhos dele, de aviso.

E todos os dias que vieram tantos foram os queixumes que o rei da África precisou tomar providência. Espantado com o ejó*, convidou-o a se retirar do convívio com a família.

Pouco contente com a resolução, Eleguá mal quis raciocinar. Partiu para o mundo, para os lados mais afastados de onde residiam, sem nem se despedir, embrenhou no mato e perambulou ao vago, um tempo grande. Conforme incentivado, seguiu sua jornada, tornou-se independente, capaz de se alimentar e viver às próprias custas. Liberdade era aquilo.

Não era totalmente solitário, porque pequenos animais o acompanhavam pelos caminhos. Cães, gatos, preás, caxinguelês, na maioria das vezes. Arruaceiros, se aventuravam em algazarras soberbas.

No palácio, tudo prosseguia confortado, para variar. Vez ou outra, uma novidade. Os irmãos promoviam festas alegres que duravam dias e dias. Da distância, Eleguá podia ouvir tocarem os atabaques. Sentia o cheiro gostoso das carnes, do milho assado, do azeite de dendê a queimar no tacho, chhhh..., com os apetites aguçados.

***EJÓ** é o disse-me-disse, fofoca.

Louvaram Ogum, rei de Irê; louvaram Oxossi, rei de Kêtu; louvaram Xangô, rei de Oió; saudaram Obatalá e Yemanjá, mas Eleguá não escutou chamarem seu nome. E ficou triste.

Às vezes, chegava empolgado na porta daquele toque, mas ninguém dava atenção, sequer reparava. Não o conheciam mais.

Triste e só, errou por toda parte e para além da floresta dos Igbô. Cheio de silêncio, escutando aquela cantoria de gente, o conversê a rolar solto no maior entusiasmo, ele

esperava na beira do mato a sua vez de ser convocado. Desagregado, ali à porta dos outros, procurava uma brecha para se aproximar. Queria tivesse uma ideia tão espetacular que justificasse sua presença de volta naquelas calorosas rodas familiares.

Foi que atinou! Remexeu os embornais atrás de um objeto trivial que tivesse qualquer serventia. Tirou peão, gravetos, pedrinhas, apitos, estilingue, bola de gude, gaitinha, chocalhos e o mais que tinha. "Se alguma coisa trouxesse... era isto! Menos as mãos vazias!"

Havia colocado na cabecinha que um tesouro precioso ele encontrava. Desse ponto, com os olhos dobrados ao chão, passou a ver as mesmas coisas de modo diferente.

No que se interrompeu, distraído, uma clareira se abriu diante dele naturalmente, em boa quantidade de luz. Três olhinhos brilhavam no chão. Eleguá enquadrou bem a vista, retombou num pinote, catou a semente na mão, limpou, brincou, enxergou nela um encanto especial. Tinha deparado com o algo espetacular que procurava para presentear a família.

Escapuliu de lá carregando a miudeza nas mãos com o coração alvoroçado, ao extenso dum riso rasgado de orelha a orelha. O semblante reluzia.

Na ânsia de chegar logo, escarreirou pelos desvios, pé no ar, rumo ao palácio. Podia correr muito. Deixava os cachorros loucos! Por efeito de uma mágica, o ogó* que levava a tiracolo era capaz de abrir o passo dele umas sete léguas, no pisco de um olho, que não dava tempo ao corpo de pegar cansaço. Ele tacava aquilo no chão, pá! E varava, voava longe, a distância que queria. O ogó era o seu brinquedo preferido.

Ao que passou pela porta ligeiro, o pé-de-vento, ninguém deu por fé que era ele, aquela brisazinha fora de época.

De então, sentou poeira; acomodou acocorado para um canto da porta, à parte, só espiando o vaivém dentro de casa. "Como é possível que não venham me ver?", Eleguá tentava adivinhar. Queria que tudo fosse igual a antes.

***OGÓ** é um bordão, bastão; é o principal símbolo de Eleguá.

Mas havia muito não se tinha notícia de seu paradeiro. Depois que foi embora, cada dia todos deixaram de gostar dele um bocadinho. As pessoas pensavam que ele tivesse morrido.

Mais tarde avistou o pai e compenetrou. Ergueu os ombros, arrumou os penachos da cabeça, reanimado, sentia espécie de esperança brotar na boca da garganta. Queria todo mundo em redor, a folia completa. Mas foi só Obatalá quem viu e veio ao seu encontro, naquele passo devagar de rei. Sorriu com meiguice, correu feliz para o abraço. O velho pai disse que ele era menino de valor e muita coragem, mesmo estava perdoado.

Descontraiu, escorregou para o chão, aos pés de Obatalá, enfiou a mão na capanga, pegou a semente e estendeu, orgulhoso, em oferecimento. Reparando bem, dava na vista que era uma relíquia.

– Ah! Mas que beleza, Eleguá! É para mim? – perguntou o pai, atencioso.

Eleguá fez que sim com a cabeça, cheio da glória.

Na hora, apesar de não saber que uso dar, Obatalá recebeu o presente com muito sentimento. A tal semente de três olhos era, realmente, admirável. Ficava brilhando parada enquanto os dois conversavam.

Mas, com três dias, Obatalá já não se lembrava de presente nenhum.

Desfeiteada, a semente foi petrificando, secando atoamente, perdendo vigor. Dessa importância de menos, sucedeu grave imprevisto.

E, como se diz em yorubá, três vezes é uma só. Má sorte juntou com mau tempo; quem buscava tranquilidade foi confusão que arranjou, quiproquó. As obras, os negócios, os projetos, os assuntos mais diversos, saúde, viagem, casamento, tudo, tudo desandava. Quem tinha roça não roçava; quem estava ganhando perdia e quem pensava ser vivido... bau bau. Ninguém falava coisa com coisa. Eram uns absurdos. Estava instalado o caos.

Os mais velhos e nobres homens da corte convocaram extraordinária reunião. Discutiram horas a fio. Convencidos de que somente Ifá, o adivinho da montanha de Ado*, poderia vislumbrar o jeito de reverter aquele desgoverno, aprontaram caravana solene e partiram em viagem Obatalá e sua comitiva.

– Orumilá Bàbá Ifá!

Pediram ao pai do segredo que deitasse os caroços de dendezeiro.

Muitos olhos espantados acompanharam os gestos do babalaô*. Foi quando tomou a voz Eleguá, para dizer que ninguém se lembrava dele, que agora ele já era um espírito, tinha alcançado a vida do outro lado.

***ADO** é uma aldeia situada no cume de um rochedo, nas proximidades de Awaye, estado-maior de culto a Ifá.

***BABALAÔ** é o pai do segredo. Sacerdote que pratica a ciência da adivinhação, é aquele que olha o destino das pessoas no oráculo de Ifá.

O babalaô perguntou por que ele estava a provocar aquele rebuliço fora de série dentro da casa dos pais, na comunidade, enfim.

Eleguá fez sinal que era por causa do desprezo recebido de seus irmãos, farristas, que organizavam altos festejos e nem o convidavam.

A terceira pergunta do velho sábio foi o que ele queria para deixar de fazer aquelas diabruras.

– Se derem minha oferenda primeiro, cuidarem do meu de-comer antes dos demais, não haverá mais bafafá nem contratempo nos batuques. Aliás, no caso, isto seria obrigatório em dias de folganças, para evitar barulhos – arrematou o safado.

O babalaô procurou saber o que ele queria para oferenda dele.

– Um bode e sete pintos – Eleguá disse, só.

– Mais alguma coisa? – Orumilá deu corda.

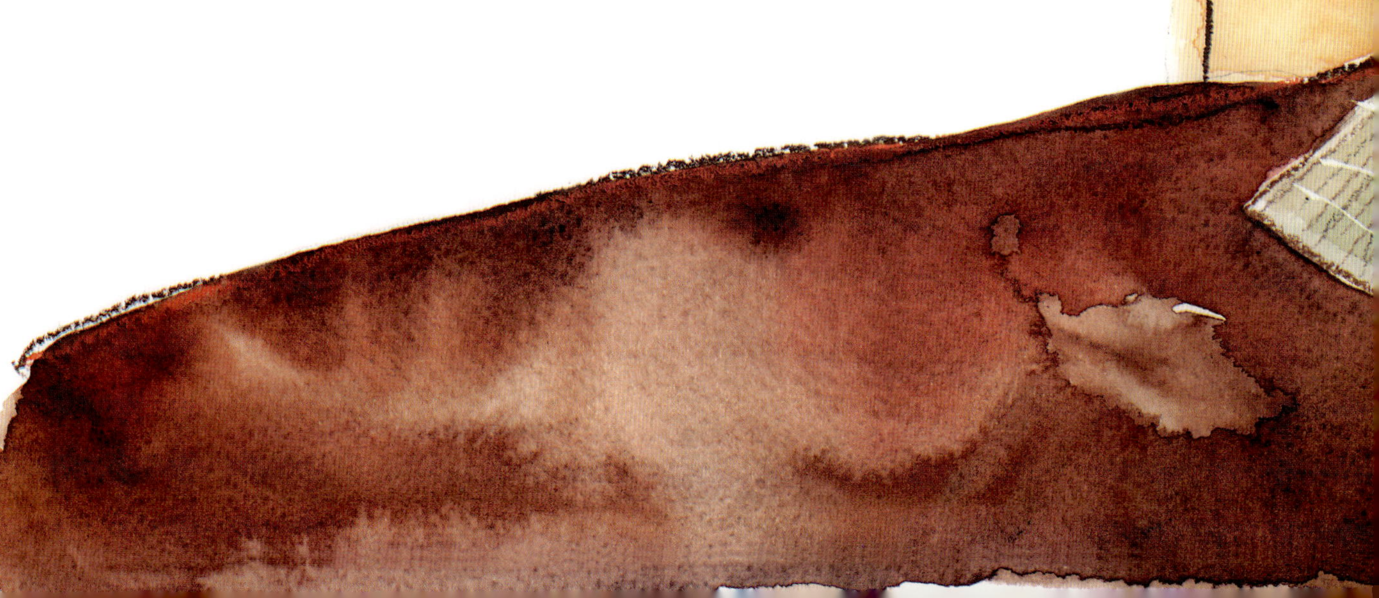

– Onde andará o coco peco pequeno de três olhos que, por algum encanto do destino, faz dias Olorum me incumbiu de entregar a meu pai? – falou Eleguá, à distância do mundo.

Ressabiado, Obatalá estremeceu ao lembrar do coquinho brilhante e encabulou. Num raio de memória, refez a cena do filho chegando assanhado, rindo simples, com aquela surpresa na mão. Ali perante, profundamente perturbado, o rei dos igbôs aceitou que agora as verdades se encaixavam.

Tal era a importância da descoberta que, dali, o principezinho iniciava a vida de outro modo, o oráculo revelou. Tornado imortal, vinha reivindicar direitos de ser tratado com máximos privilégios e dizer que, sem contar com ele, tudo seria difícil de realizar.

Por essa altura, toda a gente na Terra compreendeu que a qualidade primordial do caroço de obi* era sua propriedade natural de adivinhar. Só que, diferente dos ikin* – as sementes exclusivas de Orumilá –, a de cola Olorum consentia de todo mundo usar. Bastava o sujeito quebrar a castanha em quatro, gominhos na mão e entoar as palavras de axé*. Com efeito, de lá responderiam os ancestrais. Seria na base do sim e do não, mais ou menos.

Decifrado o mistério, o comboio deu meia-volta e foi cuidar do ebó* de Eleguá.

OBI** é o fruto (castanha) da árvore ***Cola acuminata, noz-de-cola. Possui propriedades energéticas e é usado como meio de comunicação em rituais de conversação com os ancestrais africanos; também costuma ser consumido ***in natura*** e no preparo de refrigerantes.

***AXÉ** é energia encontrada em estado bruto na natureza e nos objetos sagrados dos orixás.

***EBÓ** é oferenda, receita indicada ao consulente no jogo do Ifá.

***IKIN** são as nozes de palmeira, coquinhos de dendezeiro. Simbolizam Ifá, o deus da adivinhação, porque possuem de quatro a mais olhos, diferente das nozes-de-cola, que têm três olhos; não são comestíveis.

Recuperar a semente preciosa era o passo número um. Pelo que o rei recordava, a noz havia ficado acerca da entrada do ilê*, onde Eleguá apareceu da última vez. E qual não foi seu susto ao encontrar o obi naquele estado deteriorado, ressequido, todo roído, carcomido pelos bichinhos do palácio! Sem conter remorso, aparou as sobras cuidadosamente, envolveu num pano branco e tratou de cumprir à risca cada determinação de Orumilá.

Acompanhado de numeroso séquito, atravessou o matagal pisando manso até às margens do rio, onde a rainha Oxum morava. Era uma trilha picada em chão de terra e areias; capim a correr dum lado e, do outro, vasto arvoredo. À frente, um mundo d'água aguardava por eles, sereno. Deram na beirada, por detrás do veredeiro, saudaram Oxum três vezes, e a água, em sinal de resposta, tilintou saliente.

– Ore Ieiê ôôô!!!

– A senhora que é mãe da riqueza, dona do cobre, do ouro e da floresta de obi, levante-se e venha dançar! Mãe, todos estão com você – falou o rei, exaltado.

*ILÊ é casa.

– Eki ore iejeô e ki,
ore iejeô Oxum!

A multidão gritou com grandiloquência para glorificar Oxum.

Em algum momento, eis que surgiu a deusa na forma de um belo peixe dourado. A longa cauda transparente acenava para os presentes lenta e gentilmente.

– Ó generosa rainha que dança nas profundezas da riqueza! Mamãe Oxum, inclino-me – o rei falou e deu ikᇠ*.

Depois pediu, em nome de todos:

– A senhora nos dê licença para tirar um pouco da argila que cobre o leito de seu rio para fazer um ebó.

– Cheguem mais perto – Oxum chamou com voz musical e mergulhou, de boa vontade, para trazer a mais limpa e clara argila que jamais tinham visto.

Encheu um pote inteirinho, depois outro e mais outro. Às tantas, se despediram dela, agradecidos, e procederam de retornar, já sentindo melhora concreta no ar.

***IKÁ** é uma saudação que os homens fazem às divindades femininas, que consiste em curvar o tronco sobre as pernas dobradas, e com as mãos estendidas, encostando a testa no chão.

De volta ao palácio, misturaram os ingredientes receitados por Ifá, produziram espessa argamassa, e moldaram um rostinho perfeito, à semelhança do menino que vira o obi primeiro. Dos búzios fizeram olhinhos e ainda, boca, nariz. Assentaram a imagem atrás da porta, fizeram a oferenda, cantaram, dançaram e rememoraram o quanto passou Eleguá. Desde a ponta da manhã até o anoitecer, os atabaques tocaram sem cessar. Não se falou de outra coisa.

O rumor da festança despertou Eleguá no Orum. Regalado, teve de vir. Todavia, parece que ao descer cá na Terra, ele se encantou em muitos outros rostinhos e alcançou de estar em toda parte. Decerto é por isso que todo mundo tem seu Eleguá.

Elégbára j'a bó tán, Elégbára ba nlo
Elégbára j'a bó tán, Elégbára ilé

Eleguá terminou de comer, Eleguá vai embora.
Eleguá terminou de comer, Eleguá vai para casa.

Muito tempo se passou desde que houve essa história. Quem viveu para contá-la afirma que Eleguá é o fiel mensageiro daqueles que o enviam e fazem oferendas. Assim sendo, se está contente, se lhe dão presentes, tudo irá bem.

O título de Guardião do Universo, foi Obatalá quem lhe deu, ninguém menos. Dono dos atalhos, dos caminhos, conhecedor de todas as rotas, Eleguá é o orixá que anda a torto e a direito, com as chaves do destino nas mãos, abrindo e fechando portas. Em mais, se viu que ocupa cargo de confiança junto a Ifá, na ciência da adivinhação.

Mensageiro oficial a meio mundo, entre o céu e a Terra, há quem diga que foi Eleguá quem, outrora, ensinou Orumilá a adivinhar. O menorzinho e o mais criança! Por esse viés, foi que ganhou prestígio de estrear o primeiro odu* Okanrã. No jogo do Ifá, Okanrã indica novidades.

***ODU** é o mesmo que signo; rege a criação, o orixá e o ser humano; odu é o destino.

E para sempre o obi ficou sendo uma semente sagrada em terras d'África, considerada pelos orixás o suprassumo das oferendas.

ORUMILÁ-IFÁ

Orumilá é o maior dos sábios, o primeiro babalaô que existiu. É o mais incompreensível dentre os deuses yorubás aquele que não teve começo. Ele acompanha Obatalá na criação do mundo nagô. Também responde pelo nome de Ifá, o único capaz de interpretar os desejos legítimos de Olorum. Orumilá tem solução para as dificuldades mais diversas; conhece tanto a prevenção quanto a cura de todas as enfermidades que afligem a humanidade. Ifá é o destino. E o destino é o movimento das coisas.

Apesar de sua profunda sabedoria e de sua incontestável autoridade, Orumilá sempre recorre aos poderes de Eleguá durante os jogos. A mesma tradição acrescenta que, por sua qualidade de mensageiro, Eleguá é o orixá mais ligado à adivinhação, depois de Ifá. Encarregado de pôr as pessoas em contato, favorecer diálogos ou contraverter, causar desentendimentos, Eleguá vem a ser o porta-voz oficial de Orumilá-Ifá e a divindade suprema da comunicação. Por isso é que seu rostinho está representado, com grande destaque, na parte superior da tábua de Ifá.

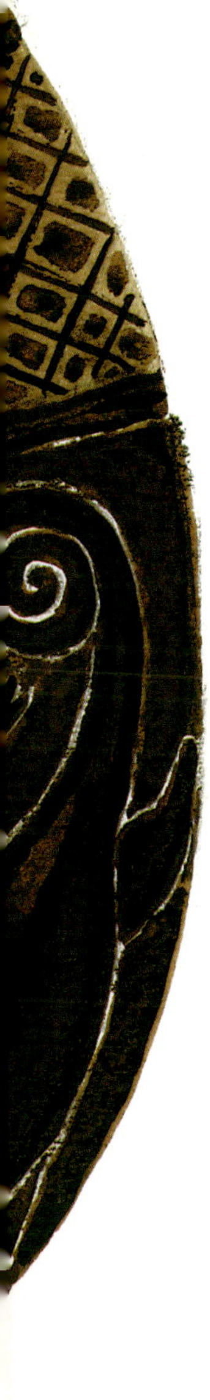

Ifá fala por meio de parábolas.

Mas, para Ifá ver o futuro,

é preciso que Olodumaré mostre.

O OPELÉ-IFÁ

O babalaô adivinho possui um colar com oito favas penduradas, bem semelhante ao que ilustra esta página. É um colar especial, porque não serve para enfeitar, mas para jogar, como os sagrados caroços de dendê.

Depois de balançar e jogar o Opelé-Ifá, o babalaô anota na sua tábua a posição em que caíram as favas. As várias posições combinadas representam números ou "caminhos", que os Yorubás chamam de odus.

Os odus surgem como respostas às diferentes questões que podem ser feitas no jogo. Dizem que há 256 odus e que a cada um deles corresponde uma série de itans ou mensagens de Orumilá.

Os babalaôs são homens muito sábios, capazes de recitar todos os odus. Os odus são transmitidos por parábolas. Ifá fala sempre por parábolas. As parábolas contam as odisseias dos orixás e quais foram os resultados de suas ações. São histórias que orientam e ajudam os Yorubás a entender o mundo.

Nenhuma importante decisão é tomada sem, antes, se consultar o Ifá.

O JOGO DE BÚZIOS

Ou erindilogun, é a forma mais popular de adivinhação praticada pelos afrodescendentes, principalmente no Brasil e em Cuba. As respostas aparecem de acordo com as caídas de dezesseis búzios que a mãe ou o pai de santo jogam. Também, nesse caso, é Eleguá (ou Exu) que vem trazendo as mensagens dos orixás. As mensagens contêm revelações sobre o cotidiano das pessoas.

O OBI

Em terras yorubás, é costume geral oferecer obi a alguém em sinal de cortesia, de amizade, de cordialidade.

Repartido, constitui um pacto de lealdade e de comunhão entre as partes.

O modelo de predição feita com o obi foi o que mais resistiu e durou. Nesta qualidade de jogo, as respostas são indicadas pelas caídas dos quatro pedaços da noz.

O obi está presente em todas as oferendas; participa dos ritos, dos momentos mais importantes e acompanha a pessoa por toda a vida, desde o seu nascimento.

Ebora kì íko èbè fún obì

As divindades nunca desconsideram uma súplica feita com o obi.

África, Cuba

Os Nagô o chamam de Bará, Exu-Bará, Barabô; os Jêje o conhecem como Legba. Orixá dos mais importantes, respeitado, querido, nos quatro cantos ficou conhecido por ter sido aquele que revelou a Obatalá onde estavam as sementes de adivinhar.

Chefe dos Ibêjis, sentinela de todos os orixás, toma conta das casas das pessoas, livrando-as de desventuras e perigos. Companheiro de Ogum, Oxossi e Osún, guarda as florestas, os montes, os cerrados e os diversos atalhos e caminhos que existem para além das portas do palácio de seu pai, em Ifé.

Brasil...

Embora seus colares tenham contas vermelhas, amarelas e pretas, a cor que predomina nas roupas principescas de Eleguá é o branco.

Por aqui, o número dele é 7. Em Cuba é 3. Mas todo mundo concorda que sua data especial é 1º de janeiro e que seu dia na semana é segunda-feira.

Para homenageá-lo, todo mundo diz "Larôie!" três vezes. E oferece balas, bombons, doces, caramelos, refrigerantes, espigas de milho assadas e enroladas na palha da banana, moedinhas, ioiôs, papagaios, soldadinhos, peões, apitos e outros brinquedos que crianças em geral apreciam.

Bará ó bebe Tiriri lóònòn,
Èsù Tiriri, Bará ó bebe Tiriri lóònòn, Èsù Tiriri

Bará, ele realiza proezas maravilhosas,
Tiriri é o senhor dos caminhos, Exu Tiriri.

Alákétu rè Kétu Bará
Èsù máa ló

O senhor supremo de kêtu é o Exu do povo de kêtu
e Exu irá embora.

PAPEL *Couché* fosco 150g/m²
TIPOGRAFIA Blue Century Childs Play, Itc Highlander e Formata